Die Reihe »Spirituelle Wege« präsentiert essentielle Texte aus verschiedenen Zeiten, Kulturen und Religionen. Alle Titel verbindet eine gemeinsame Botschaft: Der Grund unseres Universums ist eine umfassende liebende Kraft, die unser Begriffsvermögen übersteigt und der wir uns daher nur durch partielle spirituelle und geistige Erkenntnisse nähern können.

Die vorliegenden Weisheitsbücher entstammen folgenden Kulturen und Religionen: Konfuzianismus, Hinduismus, Buddhismus, Christentum, Judentum und Islam. Als Klassiker der Spiritualität sprechen die Bände dieser Reihe unseren Geist, unsere Seele und unseren Körper an. Gerade wenn wir uns im Grenzbereich zwischen Körper und Geist bewegen, stellen wir fest, daß Materie und Geist keine Gegensätze sind, sondern verschiedene Ausdrucksebenen *einer* Kraft.

Mit dieser Pocketreihe wünschen wir Ihnen gute Reise auf *Ihrem Weg*.

SPIRITUELLE WEGE

Herausgegeben
von Gerhard Riemann

Paramahansa Yogananda
interpretiert die

RUBAIJAT DES OMAR CHAJJAM

Aus dem Amerikanischen
von Peter Kobbe

Knaur

Dieses Buch wurde auf chlor- und säurefreiem Papier gedruckt.

Deutsche Erstausgabe Januar 1996

Titel der amerikanischen Originalausgabe »Moments of Truth«

Originalverlag Crystal Clarity Publishers, Nevada City, Cal.
Umschlaggestaltung Graupner & Partner, München
Umschlagabbildung Archiv für Kunst und Geschichte, Berlin
Satz DTP br
Druck Himmer, Augsburg
Bindung AIB, Augsburg
Printed in Germany
ISBN 3-426-86111-9

2 4 5 3 1

Vorbemerkung

Dieses Buch enthält eine Auswahl von kostbaren Perlen der Weisheit, die einem der großen Werke dieses Jahrhunderts entnommen wurden: den *Erläuterungen zu den Rubaijat des Omar Chajjam* von Paramahansa Yogananda. Die hier vorgelegten Auszüge stammen also nicht direkt aus den berühmten Vierzeilern (arab: Rubaijat) des persischen Mathematikers, Physikers, Astronomen, Philosophen und Dichters Omar Chajjam (1048–1131), sondern aus Yoganandas poetischem Kommentar dazu.* Es sind Worte, nach denen man leben kann: weise Einsichten von einem der größten spirituellen Lehrer unserer Zeit, die das Poten-

* Yoganandas Textgrundlage war die geniale Nachdichtung von Edward Fitzgerald (*Rubaiyat*, erstmals veröffentlicht London 1859), mit ursprünglich 75, in späteren Auflagen 101 Vierzeilern. – Als deutsche Übersetzungen der *Rubaijat* sind z. B. verfügbar: Omar Chajjam, *Wie Wasser strömen wir, Die Rubaijat*, aus dem Persischen von Cyrus Atabay, Düsseldorf 1984; *Die Sinnsprüche Omars des Zeltmachers (Rubaijat-i-Omar-i-Khajjam)*, übersetzt von Friedrich Rosen, Frankfurt 1990.

tial besitzen, das Leben des einzelnen grundlegend zu verändern.

In den Interpretationen der *Rubaijat* macht Yogananda deutlich, daß Omar Chajjams Werk in seinen Strophen nicht vornehmlich die irdischen Freuden feiert, wie die meisten westlichen Leser bisher glaubten, sondern daß es von tiefer Spiritualität durchdrungen ist. Indem er den verborgenen Sinngehalt dieses Werkes nachschaffend, deutend und akzentuierend herausarbeitete, schuf Paramahansa Yogananda ein einzigartiges spirituelles Werk – eines seiner tiefsten und anrührendsten.

Gott
ist ewiges Schweigen.
Wer Ihn
reinen Herzens liebt,
zu dem spricht Er
mit der stillen Stimme
intuitiven Erkennens.

zu Strophe VI

Vergeude nicht
diese wenigen,
kostbaren Erdenjahre.
Dem Vogel des Lebens
bleibt nur ein kurzer Bogen
Zeit für seinen Flug.
Bald – ach,
wie betrüblich bald schon! –
wird er seine irdische Gestalt abstreifen
und schwindend aufgehn
im Unendlichen.

zu Strophe VII

O Klarsichtiger!
Erhebe dich über die Gegensatzpaare
des Lebens,
über die endlosen Abstufungen
allseitigen Bedingtseins.
Sieh nur: Jeder erfolgversprechende Plan,
so blindwütig umklammert,
jedes drohende Verderben,
so angsterfüllt geleugnet –
ihre volle Summe beläuft sich
in jedem Falle auf Null!
Was sonst sind sie als Schimären –
flüchtige Ausgeburten des Gemüts
im Traum des Lebens,
der sich fortwährend wandelt?
Nimm sie gar nicht zur Kenntnis!

zu Strophe IX

Mag doch die Welt
vor Empörung aufschreien
oder in hektischem Überschwang
falscher Freude
Luftsprünge vollführen.
Was zählt das schon?
Das Ganze ist eine Parade –
unterhaltsam, kontrastreich,
aber trotz alledem
nur eine Parade,
die pausenlos vorüberzieht.

zu Strophe IX

Da streben die Menschen
nach einem Glück
außerhalb ihrer selbst,
um schließlich überall zu entdecken,
daß sie in einem leeren Füllhorn
danach suchen
und fieberhaft am Rand eines kristallenen
Glases saugen,
in das der Wein der Freude
nie eingeschenkt wurde.

zu Strophe X

Das Glück
blüht ganz natürlich
in den Herzen jener,
die innerlich frei sind.
Wie ein Bergquell nach Aprilschauern
fließt es ungezwungen in Gemütern,
denen schlicht zu leben recht ist
und die gerne auf den unnötigen Wust
von sogenannten »Notwendigkeiten«
verzichten –
diese Luftschlösser eines
rastlosen Gemüts.

zu Strophe XI

Außerhalb unserer selbst
nach Glück zu trachten,
das ist so, als wollte man
eine Wolke mit dem Lasso fangen.
Glück ist keine Sache:
Es ist ein Gemütszustand.
Man muß es *leben*.

zu Strophe XII

Blicke ins Innere«,
flüstert die Rose,
»öffne dein Bewußtsein
dem Seelenverständnis,
ehe die Blütenblätter deines Lebens
fallen und sich
über den Gartenpfad verstreuen –
nicht länger wunderhübsch,
sondern schrumplig, ohne Leben –
braun.«

zu Strophe XIII

Die einzigen
lohnenden Errungenschaften
sind nicht jene,
die wir außen erzielen,
sondern die Siege,
die wir über uns selbst davontragen.

zu Strophe XVII

Jeder Gedanke,
den wir denken,
ist eine Blume im Garten des Lebens
und nicht irgend jemandes fester Besitz.
So sollen denn unsere Gedanken
duftend und schön,
nicht stinkend und häßlich sein,
damit die Erinnerung,
die wir hinterlassen,
auf Erden
als Segen empfunden werde.

zu Strophe XVIII

Gelingt es dir,
in deiner Seele das Glück zu finden,
dann wirst du, auch wenn
du morgen stirbst
und dich einreihst in den langen Zug
abgeschiedener Seelen,
der durch die Säulenkorridore
der Jahrhunderte
schleppend dahinzieht,
diesen unbezahlbaren Schatz
stets bei dir tragen.

zu Strophe XX

Durchstoße
beim täglichen Meditieren
den Schleier der Sinne;
dringe, über sie hinausgehend,
zum Seelenfrieden im Innern vor.
Im Tempel inwendigen Schweigens
wirst du den eindeutigen Beweis
für die Existenz Gottes finden.

zu Strophe XXVI

Solange wir nicht aufhören,
rastlos und labil
in einem Wirrwarr von Begierden
zu verharren,
wie dies ungezählte Millionen tun,
bleiben wir erdgebunden:
eingezwängt wie Ströme zwischen
hohen Dämmen
aus materiegesättigtem Bewußtsein.

zu Strophe XXVIII

Betrachte
diese eine flammende Wahrheit:
Alles Leben ist flüchtig.
Halte dich an diese Einsicht,
und suche dann
in dir selbst
nach dem einzigen, was Bestand hat.

zu Strophe XXVI

Der Körper ist
eine Zwischenstation.
Jenseits davon
führen in zweierlei Richtungen
Pfade ins Unbekannte:
dem Tode zu,
gesetzt, du willst es so;
oder zu einem Leben
der Unsterblichkeit
in Gott.

zu Strophe III

Der wahre Zweck
deines irdischen Aufenthalts ist es,
in tiefen Zügen den Nektar jener Weisheit
zu trinken,
die der Reinkarnation ein Ende
und alle Not zunichte macht.

Erfülle dein Bewußtsein
mit wirklichem, dauerhaftem Glück.
Sieh! Allzubald schon
wird sich die vitale Essenz des Lebens
aus ihrem
kleinen Fleischkelch verflüchtigen
und für immer spurlos
ins rätselhafte Unbekannte entschwinden.

zu Strophen II und III

Laß dich von nichts
außerhalb deiner selbst
in Hochstimmung versetzen
oder bedrücken.
Betrachte das vorüberziehende
Schauspiel des Lebens
mit Gleichmut.
Denn die Höhen und Tiefen des Lebens
sind nur Wellen auf einem Ozean, der
unablässig in Bewegung ist.
Meide jeden Gefühlskontakt mit ihnen;
bleib vielmehr stets ruhig,
stets frohgemut an deinem inneren Pol
im Rückgrat zentriert.

zu Strophe IX

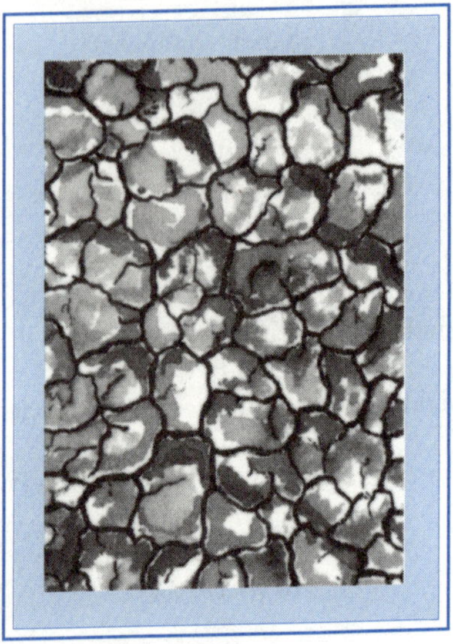

Was für eine Torheit,
daß der weltlich Gesinnte
seine unsterbliche Seele
mit etwas gleichsetzt,
das zum Zeitpunkt des Todes
zu bloßer Erde wird,
der jede Spur von Schönheit fehlt!

zu Strophe XV

Lebe *hinter* den Kulissen
bedingter Zeit
in der unveränderlichen Gegenwart.
Nur indem wir richtig leben,
eben jetzt,
im unwandelbaren Zentrum
des Augenblicks,
können wir den Punkt erreichen,
an dem wir vollständige Kontrolle
über unser Leben ausüben.

zu Strophe XXXVII

Gefühlsextreme
erzeugen letzten Endes
ein Grundgefühl extremer
Unzufriedenheit.
Das vollkommene Glück
findet sich an keinem
der Extrempunkte äußeren Erlebens,
sondern an einem Ruhepunkt
auf halbem Wege zwischen ihnen.

zu Strophe XXXIX

Vermeide jegliche Aufregung
über äußere Vorfälle
in deinem Leben,
während du unerschütterlich
den Pfad inneren Friedens entlangwanderst.
Nimm die Dinge
nicht allzu ernst:
Sie werden so sein, wie sie sein werden.
Das Leben verfolgt,
für immer unvorhersagbar,
seine eigenen gewundenen Pfade.

zu Strophe XLV

Laß deine Besitztümer nicht
dich besitzen
noch auch die kleinen Nebensächlichkeiten
des weltlichen Lebens
mit ihren Heeren von Sorgen
in die Stille deines Herzens stürmen.

zu Strophe XLII

Die schwarzen Felder
auf einem Schachbrett
wechseln ab mit den weißen.
Ebenso wechselt jede Dunkelheit im Leben
mit Helle ab,
jeder Kummer mit einer Freude,
jeder Fehlschlag mit einem Erfolg.
Wandel und Gegensatz
sind unvermeidlich;
sie sind es ja,
die das große Spiel ermöglichen.
Nimm sie leidenschaftslos in Augenschein,
und laß niemals zu, daß sie bestimmen,
wer du im Innern bist.

zu Strophe XLIX

Je mehr wir
aus der Führung von innen her leben,
desto größer ist unsere Kontrolle
über äußere Vorfälle
im großen Spiel des Lebens.
Denn wenn wir zentriert
um die ureigene Mitte leben,
in transzendierendem Bewußtsein,
leben wir in der einzigen
wirklichen Freiheit, die es gibt.

zu Strophe L

Schon *eine* meditative
Berührung mit Gott
erfüllt die Seele
mit so viel Wonne und Weisheit,
daß sie bei weitem das übertrifft,
was Priester durch Ritual
und gelehrten Sermon
bläßlich in Aussicht stellen.

zu Strophe LVI

Was für ein Hohn
auf die Religion:
es zu dulden, daß die Süße
inneren Schweigens
im Stimmengewirr und Gedröhn
von Tempellesungen,
Theologenstreit
und lauten Ritualen
untergeht!

zu Strophe LVI

Jede Seele
wurde zu Beginn ihrer langen,
wechselvollen Reise durch die Zeit
mit freiem Willen begabt.

zu Strophe LX

Im Innersten
eines jeden Atoms
harrt der göttliche Impuls –
der Impuls zur
Umwandlung individuellen Seins
in grenzenlosen Geist.

zu Strophe LXI

Vollendung
kann man nur erlangen,
indem man das eigene Handeln
auf die Führung von innen her,
die der Seele, abstimmt.

zu Strophe LX

Die Evolution
ist eine immer deutlichere,
immer offenkundigere
Manifestation göttlichen
Bewußtseins.

zu Strophe LXI

Das Bewußtsein ist
keine zeitweilige Erscheinung, die
aus der Unbewußtheit hervorgeht,
denn alles im Universum
ist ein Ausdruck von
Bewußtsein.

zu Strophe LXI

In den Felsen
und im Erdreich schläft Gott.
In den Pflanzen gibt Gott verhaltene
Bewegung zu erkennen.

In den Blumen
verweist Gott unser Gemüt auf
Seine unendliche Schönheit.
In den Blumen und Blüten,
mit ihrem Duft und ihren
farbenprächtigen Lagen
aus Blütenblättern, lächelt Gott verlockend,
als wollte Er uns sagen: »Denkt an Mich.« –

In den Vögeln und dem übrigen Getier
gibt Gott Bewußtsein als Tätigkeit
zu erkennen.

In der Menschengattung
erreicht die physische Evolution
ihren höchsten Entwicklungsstand.

zu Strophe LXI

Er, der uns schuf,
muß uns sicherlich auch lieben.
Sein Beweggrund, den Tod
als den letzten Lebensakt zu verfügen,
muß folglich auf irgendeine Weise
mit Seiner Liebe zusammenhängen.

zu Strophe LXII

Gott verspürt keinen Zorn,
ganz gleich,
wie viele Male wir
vom rechten Weg abkommen.
Er ist der Urquell
uneingeschränkter,
bedingungsloser Liebe.

zu Strophe LXII

Wer als ein Benachteiligter
zur Welt kam,
egal, in welcher Hinsicht,
sollte mit aller Kraft
der Versuchung widerstehen,
sich in Selbstmitleid zu ergehen.
Wer sich selbst bedauert,
verwässert damit
die eigene innere Fähigkeit,
die Behinderung zu überwinden.

zu Strophe LXIII

Es gibt *keine* Hindernisse:
Es gibt nur
Gelegenheiten!

zu Strophe LXIII

Der Durchschnittsmensch
hält sich eher
für das zurechtgehämmerte Produkt
der Verhältnisse
als für deren Schöpfer.

zu Strophe LXV

Indem ein Mensch es duldet,
daß er sich
zu seiner leiblichen, seelischen
und geistigen Erhaltung
immer mehr von Umständen
außerhalb seiner selbst abhängig macht,
und dabei niemals den Blick
nach innen wendet,
hin zu seinem eigenen Kraftquell,
erschöpft er nach und nach
seine Vorräte an Energie.

zu Strophe LXV

Das weltliche Bewußtsein
ist ein finsteres,
in dumpfes Brüten versunkenes Land,
gefahrenschwanger durch die Schatten
von Angst und Tod.

zu Strophe LXVIII

Fliege nicht länger
in ziellosen Kreisen
über den Gefilden
des Todes.
Fliege, trunken vor Begeisterung
und emporgetragen
auf göttlichen Wonneströmen,
mit stetigem Schwingenschlag
zu den fernen Gefilden
der Unsterblichkeit.

zu Strophe VII

Ha! welche Freude dich erwartet
im Trommelschlag der
Unendlichkeit –
scheinbar fern,
doch nie weiter weg
als dein eigenes
inneres Gehör!

zu Strophe XII

Heiliger Friede fließt,
wie Pflanzensaft, im Rückgrat,
dem Baum des Lebens.
Entspanne den Rücken,
und atme in vollen Zügen die reine, frische,
belebende Atmosphäre;
trinke den berauschenden Wein
geistiger Wonne.

zu Strophe XI

Intelligenz
sollte man nicht mit Weisheit verwechseln.
Es gibt viele
hochintelligente
Narren auf der Welt,
die ihren Intellekt
zur Rechtfertigung ihres Wahns
statt zu dessen Beseitigung nutzen.

zu Strophe XXXIII

Der bemerkenswerteste Unterschied
zwischen einer »realistischen« Einstellung
im *spirituellen* Sinne
und einer solchen im *weltlichen* Sinne
besteht darin, daß spiritueller Realismus
erweiternd wirkt,
während weltlicher Realismus
in der Regel verengend wirkt.

Spiritueller Realismus –
beispielsweise die Bereitschaft,
kompromißlos der vollen Wahrheit
über sich selbst ins Auge zu blicken –
stimmt das Herz milde
und erfüllt es schließlich mit einer Güte,
die sich allen zuwendet.
Weltlicher Realismus hingegen
verhärtet fast immer das Herz
und erfüllt es mit Stolz und Selbstsucht.

zu Strophe XXXI

Ohne Gott
ist menschliche Liebe niemals vollkommen.
Ohne die »geheime Zutat«
göttlicher Liebe
ist keine Ehe wahrhaft fruchtbar.
Irdische Liebe,
die nicht über die geliebte Person
hinausreicht,
um die Göttlichkeit mit einzuschließen,
ist keine wirkliche Liebe.
Ein Ich-Kult ist sie,
von Selbstsucht geprägt, weil
im Begehren verwurzelt.

zu Strophe XXXII

Dem weltlich Gesinnten
scheint der Körper
aus »Erde« zu sein.
Für den spirituellen Meister
ist er eine Manifestation
des reinen göttlichen Geistes.

zu Strophe LXI

Arbeite gewissenhaft daran,
schlechte Gewohnheiten durch heilsame,
an Gott gemahnende zu ersetzen.
Prüfe dich innerlich,
und sei allezeit wachsam,
ständig bereit,
den Vagabunden, die Versuchung,
fortzujagen,
wenn er sich anschickt,
in das makellose Heiligtum
deiner Selbstkontrolle einzudringen.

zu Strophe LXX

Aus diesem Lebenstraum
können wir nur erwachen,
indem wir ihn zu einem Spiegelbild
der Wahrheit machen.
Wir können ihn nicht abtun,
indem wir ihn schlicht für
unwirklich erklären.
Wir träumen zwar
diesen Anschein von Wirklichkeit,
und trotzdem müssen wir essen, schlafen,
unsern Lebensunterhalt verdienen
und alles daransetzen, uns gegenüber
karmischen Herausforderungen
zu behaupten.
Weshalb träumen wir da nicht den Sieg?

zu Strophe XLVI

Für uns verstreicht die Zeit
in beinah traumartigen Sequenzen,
wie Bilder, die man
auf wogenden Wellen des Meeres erblickt.
Die »Wirklichkeiten« des gestrigen Tages
sind bereits ein wenig ausgebleicht –
wie Teppiche,
die man zu lange
in der Sonne liegenließ.

zu Strophe XLVI

Bedeutsame
Leistungen im Leben
werden ausschließlich
durch Menschen vollbracht,
die bei ihrem Streben nach Zielen,
von denen ihr Herz ihnen sagt,
sie seien echt und legitim,
bereitwillig auf öffentliche Anerkennung
verzichten.

zu Strophe LXXII

Das Ehrgefühl
des weltlich Gesinnten
findet schwankenden Halt
an der guten Meinung anderer,
von denen die meisten
ebenso verblendet sind
wie er selbst!

zu Strophe LXIX

Gib niemandem die Schuld
an den Übeln, die dich heimsuchen.
Übernimm die Verantwortung
für dein eigenes Leben und
für jedwedes Mißgeschick,
das dir widerfährt.

zu Strophe LVII

Zur spirituellen Entwicklung
ist innere Stärke erforderlich.
Spirituelle Entwicklung
ist nichts für Schwächlinge.

zu Strophe LVIII

Verstandeskraft kann nicht
die mächtige Eiche der Weisheit
hervorbringen.
Nur magere Krautbüschel
seichter Gedanken
können in der ausgedörrten Wüste
des materiegesättigten Bewußtseins
überleben.

zu Strophe LV

Sprenge die Schranken
des zergliedernden Bewußtseins.
Unterbinde nicht
das natürliche Fließen des Lebens,
indem du seinen Strom
an jeder Biegung zurückstaust
mit den kümmerlichen Stöcken
von Analyse und Definition.

zu Strophe XLI

Je länger einer
die friedlichen Nachwirkungen
des Meditierens
als beglückend empfinden kann,
desto schneller
wird er intuitives Wissen entfalten.

zu Strophe LIX

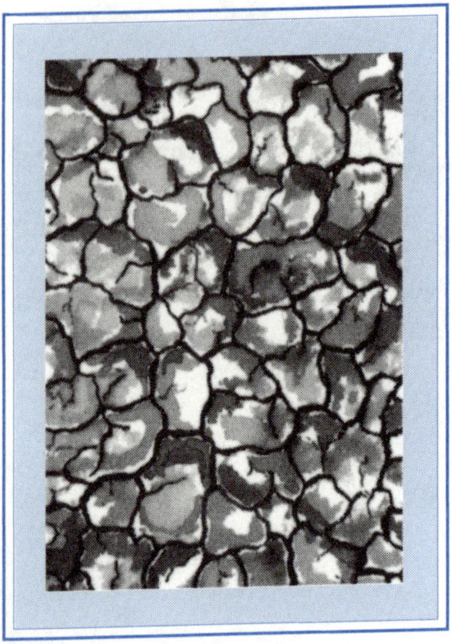

Ganz gleich, wie trocken,
lehmverkrustet und rissig
der Ackerboden deines Herzens
im Laufe von Hungerjahren
voller Sinnesschwelgerei,
Mißerfolg und Enttäuschung wurde,
er kann durch Friedenschauer
inneren Umgangs mit dem Göttlichen
wieder bewässert
und aufgeweicht werden.

zu Strophe LXV

Das Leben
hätte so schön sein können,
hätte die Menschheit nur so gelebt,
wie Gott es plante.
Statt dessen ist das menschliche Leben
zu einer Ramschkiste geworden,
vollgestopft mit den Einzelteilen
eines irrwitzigen Puzzles –
einer verwirrenden Zusammenstellung
von Bösem und Gutem,
Leid und Freude,
Tod und Leben.

zu Strophe LXXIII

Das Glück an sich
ist zwar ein universelles Gut,
aber man darf es anderen niemals aufzwingen;
genaugenommen kann man das auch gar nicht.
Wenn ein Diamantenschleifer
einen schönen Stein herstellen will,
dann weiß er, daß er beim Schleifen
dem Verlauf der natürlich vorgegebenen
Flächen folgen muß.
Er darf seinen Schliff
nicht willkürlich ausführen,
um sich irgendeinen
verstiegenen Wunschtraum zu erfüllen.
Das gleiche gilt für das Zutagefördern
der Schönheit, die der Menschennatur
innewohnt:
Wir müssen die reale Beschaffenheit anderer
gebührend berücksichtigen
und dürfen niemals versuchen,
ihnen unsere eigene aufzuzwingen.

zu Strophe LXXIII

Die Nerven sind Bahnen,
mit deren Hilfe
die Lebenskraft Geist und Körper befähigt,
sich gegenseitig zu beeinflussen.
Indem die Lebenskraft
durch das Rückgrat abwärts wandert
und sich in den Körper und seine Sinne
hinausbewegt,
wird auch der Geist nach draußen gezogen.
Von innen her bewirkte Sinnesreizung
zwingt einen dazu,
Erfüllung in Sinnenfreuden zu suchen.

Ebendieses Nervensystem bildet jedoch auch
den *einen und einzigen* Pfad
zu spiritueller Erleuchtung,
ungeachtet der formellen
Religionszugehörigkeit eines Menschen.
Wenn die Energie dazu gebracht
werden kann,
ihren Fluß umzukehren,
so daß sie von den Sinnen zum Gehirn strömt,
dann enthüllt sie unserem Bewußtsein
eine andere Welt.

Mit fortschreitender Verinnerlichung
durch tägliches Meditieren
entwickelt man subtile
innere Wahrnehmungen,
die weitaus zufriedenstellender sind
als ihr gedämpftes Echo
aus dem Feld der Sinne.

zu Strophe XXXI